Dessin de couverture réalisé par Gabriel Boukraâ-Pire

Philosophe de formation, Christine Doyen a été professeur de morale. Depuis 2008, dans le cadre de son entreprise « Une fenêtre ouverte sur la Vie... », elle organise des ateliers individuels de développement personnel et des ateliers collectifs d'écriture.

S'il te plaît, raconte-moi une histoire...

Christine Doyen

S'il te plaît, raconte-moi une histoire...

© 2020 Christine Doyen/Christine Doyen

Edition : BoD - Books on Demand
12/14 rond-point des Champs Elysées
75008 Paris
Imprimé par BoD – Books on Demand, Norderstedt
ISBN : 978-2-3222-4204-7
Dépôt légal : Septembre 2020

A Gabriel « Pour quand je serai grand »

Le joueur de flûte

Aucun présage n'avait annoncé sa venue. Un dimanche, après la messe, elle est là, assise en lotus à même la pierre grise du parvis de l'église. Sa peau foncée est adoucie çà et là de la fine poussière des chemins nomades. Pieds nus, mains nues, cheveux longs et sauvages, belle en ses yeux sombres et sa bouche gourmande. Sa robe de cotonnade rouge, délavée jusqu'à l'orange pâle, ne laisse entrevoir que ses fines chevilles entrecroisées et la plante de ses pieds qui endurent avec grâce les callosités de l'errance.

Les très pauvres savent, au profond, que le mot parvis à la même racine que paradis et c'est tout naturellement qu'ils viennent s'y asseoir, paumes tendues vers le bon vouloir du ciel et des hommes.

Après le prêche, souvent sévère, du vieux curé, qui oserait ne pas faire l'aumône ? Chacun et chacune y va de sa piécette.
Pour tout remerciement, un chant sans paroles s'échappe des lèvres de la jeune fille, une mélopée douce et nostalgique. Après quoi, furtive, elle disparaît dans les bois comme une jeune biche.

Ainsi de dimanche en dimanche, vient-elle asseoir sa chanson sans mot sur le parvis de

l'église.
Les villageois s'y habituent et déposent à ses pieds une pièce, un vêtement usagé, un quignon de pain. Certains se risquent à quelques mots de charité bien-pensante, nulle autre réponse que sa mélopée coutumière.

On comprend alors qu'elle est sourde. On la surnomme la muette. Personne ne songe à en faire une amie, une sœur, une fille, encore moins une épouse.

Et le temps passe...

*

Un ventre à terme ça se voit. Un dimanche c'est un coude appuyé sur son abdomen rebondi que la muette tend la main. La pauvre ne reçoit qu'insultes et mépris. Les offrandes deviennent des projectiles. On lui jette à la figure, quignons de pain, bas troués et même crachats.

Encadré par les hauts vantaux de son église, alerté par la clameur indignée, apparaît le vieux curé.
C'est sous son regard impitoyable et consentant que l'on chasse à coups de pierres la future mère, petit animal blessé qui s'enfuit dans la forêt.

Dans les chaumières, une haine fulminante gâte le repas dominical qui a le goût de brûlé.

Les bouches amères mâchonnent une rancœur fétide. Chaque mâle soupçonne tous les autres d'avoir osé ce qu'ils n'ont fait que rêver. Le regard des femmes tourne au vinaigre et les maris filent doux. Les jeunes épouses infertiles, qui ont enduré en vain moult neuvaines, sentent leur utérus se tordre de jalousie. Les jeunes filles qui allument des cierges en rêvant d'un fiancé passionné sont définitivement vexées. Au plus profond de leur innocence, les enfants sont mal à l'aise, mais ils obéissent aux diktats sous-entendus de leurs parents et des sourires cruels enlaidissent leurs visages.

Pour la paix des ménages, on dit que c'est un de passage. Un de ces bûcherons itinérants qui louent leurs muscles quand vient le temps d'abattage en haute forêt.

Et le temps passe...
Et tout est dit, ou presque....

*

Car depuis ce jour maudit il faut compter avec le chant transparent de la muette.

Du fin fond de la forêt, la mélopée douce et nostalgique fleurit avec la rosée et agonise à la lune.

La voix sublime tisse des motifs langoureux sur la trame du vent, le chant se fond dans le paysage sonore du village. Sous la brutalité des

bruits quotidiens, s'insinue la douceur de la plainte.
　　　　Elle vrille les oreilles, titille les cœurs, dévoile des secrets anciens.
　　　　Cependant les fronts butés refusent de se dérider.

　　　　Un matin, en haute forêt, à l'heure du premier chant d'oiseau, la muette sent ses cuisses s'écarter sous une poussée obstinée. L'absence d'instruction n'entrave pas la science du corps et du cœur. Elle comprend que le passage de l'amour envolé est le même que celui de l'enfant à naître. Au pied du grand arbre, monte le cri de délivrance. Sur la canopée, il s'élargit en une symphonie qui pleure et exalte la grande nostalgie d'amour.

　　　　La forêt frémit, la moindre feuille diffuse la berceuse à des kilomètres à la ronde.
　　　　Au village, l'effroi hérisse les échines. Le message est limpide. Chacun s'empresse de le chasser comme on le ferait d'une mouche importune. Les mains reprennent illico leur travail un instant suspendu.

　　　　Seule, la plus que vielle, somnolente en sa chaumière, voit une fenêtre s'ouvrir dans le ciel...

　　　　Et le temps passe...
　　　　Sept années...

*

À quel moment les villageois ont-ils pris conscience que le chant continu s'était tu ? Nul ne sait.

Ce dont chacun se souvient c'est de l'arrivée du garçonnet. Sorti de nulle part, hirsute dans ses haillons, il va sans un mot et sans hésitation s'asseoir sur un banc de l'école.

Les enfants impressionnés gardent un silence empêtré. L'institutrice, déstabilisée par tant d'aplomb, décide de reprendre sans façon la leçon interrompue.

Quand sonne la fin des cours, le jeune garçon se lève, tire de sa poche une flûte taillée dans une tige et s'en retourne vers les bois en jouant un air que tous reconnaissent aussitôt.

À la nuit tombée, aucun adulte ne dort, ils échafaudent, dans le noir de leur cœur, des plans plus horribles les uns que les autres. Leur peur tue dans l'œuf toute velléité de pitié. Dans leurs lits les enfants sont pétrifiés d'insécurité.

Le lendemain, à l'heure de la récréation d'avant la classe, les enfants, moins timorés que leurs parents et assurés de leur impunité, attendent de pied ferme le nouveau venu.

Ils s'avancent en troupeau. Le plus hardi hurle : « Pas b'soin d'toi » !

C'est le signal qu'attendaient tous les autres pour bêler à l'unisson : « Pas b'soin d'toi », « Pas b'soin d'toi », « Pas b'soin d'toi ».

Le gamin, qui jusque-là n'a appris que le chant sans paroles de sa mère, croit que ses camarades le nomment, lui disent son nom, le baptisent en quelque sorte.

Ingénu, il pose sa main sur sa poitrine, la martèle tout en acquiesçant vivement de la tête et répète tout souriant : « Pas B'soin D'toi », « Pas B'soin D'toi ».

Devant la naïveté de ce mea culpa ridicule, les gamins redoublent d'agressivité. Pour bien se faire comprendre, ils avancent, menaçants, jusqu'à le toucher, le bousculer, le pousser hors de l'école. Toujours vociférant : « pas b'soin d'toi », ils continuent tout le long du chemin qui traverse le village

Aucun adulte n'intervient, laissant le crime d'exil se commettre. À la sortie du village, la troupe, bras croisés sur le torse, s'arrête et fait barrage de son silence définitif.

Longtemps, le gamin se retourne, au cas où... Puis il sort la flûte de sa poche et s'éloigne en jouant la chanson sans mot de sa maman.

Au mitan de sa sieste, la plus que vielle voit par la fenêtre ouverte dans le ciel, un chemin de lumière.

Et le temps passe...
Des années...

*

Jusque dans les villes les plus lointaines, on parle d'un joueur de flûte. Muet et sans domicile fixe, il arrive toujours, comme par enchantement, là où l'on a besoin de lui. Il répare tous les maux du corps, du cœur, de l'âme et de la terre. Une fois le miracle accompli, il disparaît sans laisser de trace.

Ainsi passe le temps ...

Dans sa chaumière, la plus que vieille fredonne en souriant la chanson sans mot, elle qui sait que les desseins de la vie sont impénétrables.

Lola

Loin des portes de la grande ville. Ancrée en un lieu sans racines. À la lisière d'un vaste complexe industriel, une maison de cité. Semblable à toutes celles qui s'alignent le long de la voie ferrée. Les jardinets sont déplumés. Les murs mitoyens minces. Les téléviseurs XXL. Cette promiscuité n'est pas offense. Toutes les vies encloses-là sont identiques, répétitives, prévisibles. Des noces aux enterrements : mêmes fêtes avinées et tonitruantes, mêmes disputes violentes et au final, même solidarité prudente face à la précarité. Encore et toujours la norme rassurante.

À l'âge où les familles attendent de leur nourrisson
le premier : « mama » Lola dit : « belle, belle » comme chevrette au printemps. Sa mère vexée choisit d'en rire, elle dit aux voisines : « C'est votre faute aussi, pas un jour depuis qu'elle est arrivée où vous ne dites, qu'elle est belle, belle, c'est dieu pas possible d'être aussi belle, belle ! »

Lola a-t-elle un teint de porcelaine, le mâtiné d'une peau ambrée, le piquant de la rousseur, le bleu profond du noir ébène, le jaune safrané de l'Asie, le recuit des peaux rouges ? Rien de tout ça ! Ou plutôt le meilleur de tout ça. Lola est un condensé supra harmonieux de ce que les cinq continents ont fait de plus réussi en matière de beauté humaine. Non seulement le teint, mais les yeux, la bouche, le nez, les mains, les pieds, les chevilles, les hanches de Lola dessinent, comme en dansant, des courbes si gracieuses que l'entendement du commun des mortels en est déboussolé ! Peut-être penserez-vous qu'une telle splendeur est le garant de la joie de vivre ? Loin de là ! Dès l'école primaire, sa beauté exceptionnelle agace les enfants qui deviennent cruels et passent à l'acte. Oh, rien qui soit punissable bien sûr.

Joue-t-on à se bousculer à la récréation ? On la pousse un peu plus fort jusqu'à la faire tomber. On se taquine à la piscine ? On lui maintient la tête sous l'eau jusqu'à la faire tousser. L'hiver, sur le chemin du retour, on vise le visage. L'avalanche de boules de neige la mitraille jusqu'à l'apnée. « Oh, pardon Lola, c'est pas exprès, on joue, on rigole ».

Perfide hypocrisie qui laisse Lola perplexe et l'empêche de riposter. Si encore la belle était bête, tout rentrerait dans l'ordre. Mais Lola est douée dans toutes les matières scolaires.

À la maison, le ventre noué, Lola quémande une explication. La réponse est toujours la même : « C'est que des jaloux ma Lola, t'occupe pas d'eux ! » dit la mère qui la gave de petits gâteaux colorés concoctés de ses mains ménagères. Le père ne dit rien, bras ballants, ses yeux sont inquiets.

Si à sept ans, la ritournelle maternelle consolait parfois, aujourd'hui, cette litanie jointe au silence du père exaspère les quatorze ans écorchés vifs de Lola. Dans son corps, les hormones travaillent à sculpter la femme en devenir. Cette laborieuse biochimie ne parvient pas, fût-ce d'un bouton d'acné, à altérer sa beauté. Pire, quelque chose de nouveau émane d'elle comme une aura : le charme ! Cette joliesse impalpable qui jamais ne flétrit. C'en est trop, désormais. Les copines l'évitent, elles oublient sciemment d'inviter cette dangereuse rivale. Lâchée, délaissée, Lola reste seule. « J'ai mal au ventre, maman... » « C'est rien ma chérie, tu grandis, c'est le sort commun des femmes, tiens prends un gâteau ».

La douleur de Lola se radicalise. Un fossé se creuse entre elle et sa mère. Une véritable tranchée sur champs de bataille. Une violence ahurissante renvoie les petits gâteaux à l'expéditrice qui craint l'anorexie. Le père, quant à lui, est traité de lâche. Bras ballants, il se tait et, sous l'orage, baisse ses yeux inquiets.

Au secret de sa chambre, la douleur de Lola s'exprime. Munie d'une lame de rasoir, elle incise sa peau de petites coupures nettes et précises qui se déploient en spirale autour de son nombril. Fulgurance jouissive de la douleur physique qui, un bref instant, la distrait de l'autre insondable. Les perles de sang dessinent un serpent vermeil qui se mange la queue.

Perplexe et fascinée, Lola contemple le mystère insoluble de son mal-être. Où aimer et être aimée ? Rejetée par ses pairs, c'est tout naturellement que Lola ondule sa séduction, timide et maladroite, vers ceux qui revendiquent haut et fort les impairs qu'ils commettent. Vêtus de blousons de cuir cloutés de têtes de mort et d'aigle menaçants, ces chenapans ont quitté l'école, acquis des motos et pétaradent leurs dix-huit ans désœuvrés sur la place du village. Le chef de meute, voyant la belle s'approcher, s'empresse de la jucher derrière lui sur la selle de cuir noir de sa moto rutilante. Lola se croit choisie, aimée, son cœur et sa tête s'envolent, cheveux au vent. Elle déchante rapidement. Elle n'est, pour ce meneur infatué, qu'un gadget de plus, un trophée de guerre. Un butin qu'il se plaît à exhiber devant le chef de la bande rivale jusqu'à exciter sa haine jalouse.

Penaude, Lola rentre au bercail. Longtemps, dans un vacarme d'enfer, les casqués dépités tournent autour de la maison, éructant les quolibets les plus infamants.

Une nuit, ils s'éparpillent comme nuée de corbeaux, sous la grêle des coups de fusil du père dont l'œil acéré et les bras armés font carnage. « Ceux-là ne sont pas assez bien pour toi ma princesse », dit la mère en disposant sur la table basse du salon, une ronde de petits gâteaux colorés. « Tiens prends celui-là, c'était ton préféré quand tu étais petite » Au secret de sa chambre, le serpent déploie consciencieusement la spirale infernale de ses coupures chirurgicales. Recluse, Lola n'a d'autre choix que d'ouvrir les fenêtres internet.

Un soir, elle décide : « Demain je franchirai les portes de la grande ville ». Dans son sac à main, une longue liste d'inscriptions à divers castings.

Dans la grande ville, les prédateurs sont à l'affût. Dès son arrivée, ils se disputent âprement la beauté singulière de Lola. Les flashs crépitent, les contrats juteux surenchérissent. Faute d'amour, Lola se vend au plus offrant. Bientôt, sur les murs de la ville, dans les magazines, à la télévision, sur les réseaux sociaux, le corps de Lola s'expose et s'impose. Elle devient l'égérie des produits les plus luxueux. On lui fabrique, de toutes pièces, une légende tantôt sulfureuse, tantôt angélique. Mille et un secrets, aussi faux qu'impudiques, sont jetés dans la gamelle d'un public affamé de rêves et de scandales.

Dans la maison de cité, la mère bouffie d'orgueil enfle à vue d'œil. Sur la table du salon, elle étale sans retenue la beauté de papier glacé de sa fille qu'elle auréole de ses petits gâteaux coutumiers. Avec les voisines, on s'empiffre, on s'exclame, on scande : « Qu'elle est belle, belle... ». Les bras ballants, les yeux inquiets, le père se tient à l'écart du poulailler jacassant.

Formaté, exhibé, maltraité le corps de Lola devient une mécanique sophistiquée, haut de gamme et télécommandée. Son sourire se fige. Son ventre durcit comme pierre tombale. Ses yeux se vident, son cœur se décompose. Dans le silence solitaire des suites princières, d'insomnie en insomnie, le serpent vermeil s'allonge autour de son nombril.

Une nuit frénétique de coupures profondes, Lola sent sa vie lui échapper. De justesse, elle colmate l'hémorragie alarmante. Le lendemain matin, elle rompt son dernier contrat et rentre au bercail.

Lola a vingt ans. Dans la salle de bain vieillotte et exiguë de chez ses parents, un petit néon bleuâtre clignote au-dessus du miroir du lavabo. Dans ce décor pouilleux, Lola reçoit, sans ménagement et en pleine face, le reflet de sa beauté glaçante et insoutenable. Sa main droite, mue par une volonté propre, saisit le rasoir du père, l'ouvre et pose le tranchant de la lame sur sa tempe gauche. La tentation est là de saccager ce visage, une bonne fois pour toutes, de haut en bas, en une diagonale irréversible.

« Non, pas ça ! » Le père pose une main sur l'épaule de sa fille. Silencieux, mais déterminé, il l'entraîne vers le grenier. Il s'y agenouille. Il déloge deux grandes valises vides et poussiéreuses, la troisième, il l'ouvre. Les yeux implorants et les bras tendus, il confie à Lola une pochette de plastique bleue à l'effigie d'une compagnie aérienne. « Voilà », dit-il.

Au secret de sa chambre, sur le couvre-lit fleuri et fané, Lola étale le contenu de la pochette paternelle. Deux billets d'avion, un prospectus enchanteur, la réservation d'une suite nuptiale, des coupures de journaux, les photos atroces d'une guerre soudaine et fratricide, des colonnes de réfugiés, deux laissez-passer militaires, la cohue de touristes rapatriés. Et pliée en quatre dans une pièce de coton bleu délavé, une photo polaroïd de mauvaise qualité. Lola scrute les ombres qui s'effacent. Une femme, les deux mains jointes contre la bouche, supplie et remercie avec la force du désespoir. Les yeux ont la beauté tragique d'une indicible souffrance. Sur le dos de la main droite, un tatouage en forme de spirale.

Lola comprend tout, le lendemain, elle entame le voyage. Ses maigres indices la font zigzaguer très longtemps. Souvent sous un soleil sans pitié, parfois sur des chemins cruels aux pieds. Enfin, un matin, un guide plus honnête et plus courageux que tous les escrocs rencontrés accepte de l'escorter jusqu'à une région sinistrée où personne ne souhaite s'aventurer. Aux abords d'une zone pestilentielle, délimitée çà et là par une vieille clôture de barbelés éventrés, le guide improvisé fuit sans demander son reste.

Avec le temps, un bidonville s'est organisé vaille que vaille. Lentement, Lola s'approche de cette prison à ciel ouvert où grouille une population de réprouvés. Ce qui la frappe d'emblée c'est la dignité naturelle de ces êtres. Acculée à une pauvreté extrême, leur beauté est intacte. Ont-ils un teint de porcelaine, le mâtiné d'une peau ambrée, le piquant de la rousseur, le bleu profond du noir ébène, le jaune safrané de l'Asie, le recuit des peaux rouges ? Rien de tout cela ! Ou plutôt le meilleur de tout cela.

Ces gens sont un condensé supra harmonieux de ce que les cinq continents ont fait de plus réussi en matière de beauté humaine. Non seulement le teint, mais les yeux, la bouche, le nez, les mains, la taille, les pieds, les chevilles, les hanches de ce peuple dessinent, comme en dansant, des courbes si gracieuses que l'entendement de Lola en est tout éclairé. Ceux-là, c'est certain, sont ses frères et sœurs de sang.

Aux portes de ce lieu maudit. Ancrée sur cette terre sans racine. Elle est là. Épuisée, mais tenace. Droite et fière. Les doigts accrochés aux fils de fer barbelés. Vingt années d'espérance agrippée ont incrusté de rouille la peau de ses paumes. Au dos de la main droite, un tatouage en forme de spirale. Face à face. Leurs yeux se reconnaissent. Leurs lèvres tremblent des bénédictions. Leurs mains se joignent. Leurs corps s'enlacent. La fusion est totale. Leurs larmes abreuvent le ciment de leurs retrouvailles.

Alors leur peuple s'avance. Hommes, femmes, enfants font cercle autour d'elles. Bouches fermées, à l'unisson, un son grave monte de leurs ventres. Action de grâce. Mélopée profonde pour honorer l'instant sacré. Joie indicible.

On dit qu'à ce moment béni entre tous, le serpent vermeil, endormi en spirale autour du nombril de Lola s'est déployé, en un tatouage spontané. On dit que l' Arbre de Vie et de Vérité a pris racine au pubis de Lola et a poussé sa ramure jusqu'aux pommes de ses seins.

La petite et le loup

Le village

Auréolé des couleurs de saison, le village s'impose au regard. Haut perché, il a fière allure avec ses remparts en pierres du pays, son tour de ronde qui encercle un entrelacs de ruelles bordées de maisonnettes pittoresques qui s'agglutinent à l'ombre protectrice d'un imposant château fort flanqué d'une haute tour crénelée. On imagine, au temps jadis, l'austère et fier seigneur qui, fin stratège, choisit de bâtir là sa demeure. Battue par les vents, la face nord s'agrippe à une falaise abrupte qui plonge droit dans le fracas de l'océan. Au Sud-Ouest de vastes plaines ondulent leur fertilité bon enfant. Nul doute que, de son nid d'aigle, le maître des lieux peut voir de très loin les hordes d'assaillants oser venir à lui. Cependant, à l'Est, une forêt aussi dense qu'inquiétante ne dévoile rien du mystère de la vie sauvage qui se trame en ses sombres entrailles. Sa lisière touffue, presque noire, s'en vient narguer le village jusqu'au pied de ses fortifications. Là s'arrête la prévoyance du maître.

De jadis à aujourd'hui, les temps modernes ont fait des ravages. Le château est en ruine, la tour décapitée, le chemin de ronde éboulé çà et là. Ne reste, dans les petites maisons, que quelques vieux édentés qui n'ont pu suivre la jeunesse gourmande partie en ville croquer la fortune. De lourdes machines agricoles éventrent la plaine fertile et l'empoisonnent de chimie. L'océan gronde sa colère impuissante. Seule la forêt inextricable, jugée inexploitable, garde son mystère et sa force.

Monsieur le maire se désole sincèrement de la décrépitude de son village fortifié. Il cherche un moyen de redorer son blason et par la même occasion, sa réputation à lui. À force de fouiller toutes les archives disponibles, il finit par tomber sur une tragédie ancienne ensevelie dans la poussière et l'oubli. Il compte bien en tirer profit.

En ce temps-là, comme aujourd'hui, les guerres de religion font rage. Le seigneur, soucieux d'asseoir son pouvoir dans la paix, décide de faire alliance avec son pire ennemi. Lors des négociations qui s'en suivent, ce dernier exige du seigneur arrogant qu'il renie sa foi et se rallie aux rites en vigueur chez lui. Le seigneur accepte et ordre est donné, dans toutes les chaumières, de brûler tous les symboles de l'ancienne croyance et de les remplacer par ceux de la religion nouvelle.

Fatigués de tant de guerres, tous obéissent. Tous sauf une, Jeanne, la propre fille du seigneur. C'est une adolescente exaltée. Vierge et orpheline de mère, ses désirs inassouvis et sa solitude, la poussent à se donner corps et âme en mariage à dieu, désormais son époux. Le renier reviendrait, pour cette passionnée, à commettre l'adultère et à vendre son âme au diable.

Écumant de rage face au refus obstiné de sa fille, son père ordonne qu'on l'enferme dans la tour, persuadé que cette retraite forcée et cruelle la ramènera à la raison. C'est sans compter avec la farouche obstination des vierges révoltées. Dans un ultime et sublime don de soi, Jeanne gravit l'escalier de pierre et, entre deux créneaux, se jette éperdue dans les bras de son époux céleste.

Son corps se pulvérise dans le fracas de l'océan.

« Mais voilà, voilà ce qu'il me faut ! », s'écrie le maire tout excité. Un site historique, une sainte martyre, un pèlerinage touristique et le tour est joué ! Il fait tant et si bien que le site est classé, le château, la tour crénelée et les remparts sont restaurés et la plaine, de toute façon empoisonnée, est recouverte d'un vaste parking en béton. La génération fuyarde, déçue par les mirages de la ville, revient dans le village florissant et restaure les maisonnettes de leurs aïeux.

D'une main de fer tatillonne, monsieur le maire maintient l'ordre dans son petit village fortifié, ultra policé. La fertilité bon enfant de la plaine ensevelie sous sa dalle de béton permet aux voitures de se garer. Le fracas de l'océan donne à bon compte des frissons aux touristes. Seule la forêt garde sa nature sauvage intacte, un parcours fléché évite soigneusement aux nombreux visiteurs de s'en approcher de trop près.

La mère

Tôt levée, la mère tresse ses maigres cheveux ternes en un chignon serré bas sur la nuque. Elle noue sur sa taille étroite les pans de son tablier de toile grise. Comme aucun sein rebondi ne maintient la bavette, elle l'attache discrètement au corsage de sa robe noire avec une épingle de sûreté. À force d'être récurées, ses mains sont rêches, les ongles courts et blancs. L'hygiène est importante, le souci de la perfection en ce domaine barre son front d'une profonde ride verticale. Dès l'enfance, confusément, puis de plus en plus clairement, elle comprend que l'impeccabilité est sa seule légitimité. Enfant abandonnée, elle est élevée au couvent des sœurs de la Charité. À dix-huit, ans on la marie au fils goitreux de la veuve du cordonnier. Ce pauvre disgracié, tout heureux de pouvoir se réchauffer au corps d'une épouse inespérée, est béat d'amour. Ce bonheur est de courte durée, dès qu'elle a la certitude de devenir mère, elle lui refuse sa couche d'un air dégoûté. Le pauvre homme ravale ses larmes comme il peut. Dans un dernier sanglot étranglé, il meurt prématurément, étouffé par sa propre glotte surdimensionnée. Veuve digne et triomphante, elle suit le corbillard ventre rebondi en avant. Pour améliorer sa médiocre pension, elle participe à la toute nouvelle prospérité touristique du village.

Dans la belle pièce à rue de sa maison, elle aligne les petits pots du miel de ses ruches et les galettes qu'elle confectionne dans son arrière-cuisine. Pour attirer les chalands, elle recouvre le capuchon des petits pots d'un joli tissu rouge et noue ses galettes par paires d'un ruban du même rouge attrayant. Dès que sa fille se lève, elle pince les lèvres et amincit ses yeux. Sans un mot, les deux fentes meurtrières inspectent la petite de la tête aux pieds. Si besoin est et sans tendresse, elle corrige l'un ou l'autre petit désordre de la tenue.

Face à la frimousse souriante, encadrée de longues tresses blondes, la mère n'est pas rassurée. Elle a beau l'habiller d'une robe stricte bleu marine, d'un col blanc et de socquettes immaculées, de chaussures vernies noires, quelque chose chez cette gamine échappe à son contrôle.

Elle sait l'appétit vorace de sa fille, son énergie bondissante, la rébellion de sa crinière une fois les tresses desserrées. Elle ne supporte pas ses yeux clairs, presque translucides, son regard carbone, tranchant comme l'acier et la minuscule étoile qui brille au fond de sa pupille et qui la dévisage avec une étrange bonté lucide, impitoyable et sage. C'est souvent qu'elle lui ordonne de baisser les yeux.

La grand-mère

De quelle grand-mère parle-t-on ? La biologie, dans son exubérance vitale, est difficilement contrôlable ; en son creuset mijotent d'innombrables secrets de famille plus ou moins bien gardés. Les alliances convenues, elles, offrent des garanties persistantes. Nous avons donc le choix de privilégier les grands-mères biologiques ou les grands-mères par alliances et, selon nos critères moraux, de fréquenter plus assidûment la branche maternelle ou paternelle. Ainsi se construit la respectabilité des familles.

Lorsque la mère dépose un pot de miel et une paire de galettes dans le panier de sa fille, c'est chez sa grand-mère paternelle par alliance qu'elle l'envoie. Soit dit en passant, la cordonnerie fut prestement remplacée, lors de la modernisation du village, par une échoppe « Talon Minute ». La pauvre femme endure, avec application, le deuil de son fils bien-aimé, trop tôt disparu comme on sait. Le malheur, l'ennui et la rancœur l'ont pétrifiée. Peau jaune flétrie sur os craquants. Larges cernes mauves sous des yeux rougis et larmoyants. Mains noueuses et nouées sur un chapelet de perles noires dont le christ en croix oscille en son giron fleurant la naphtaline et la sueur aigre. Quand sa petite-fille la visite, elle ne lui parle pas. Elle désigne d'un menton dégoûté la table napperonnée où déposer le miel et les galettes qu'elle prendra soin de ne pas manger devant elle. Elle les engloutira plus tard, au secret de sa gloutonnerie bien gardée. Jamais elle ne dit merci. Dans les yeux clairs, presque translucides, la minuscule étoile la dévisage avec une étrange bonté lucide et sage. Quand elle n'en peut plus de ce regard carbone tranchant comme l'acier, la grand-mère congédie sa petite fille d'un geste agacé et définitif.

Le garde-chasse

Depuis l'enfance, ce garde-chasse n'est pas clair. Noiraud, l'œil en biais, la bouche muette et le sourcil ombreux, il a l'allure équivoque de la victime fautive. Fou, simplet, dangereux, inoffensif ?

Avec lui, on n'a jamais su sur quel pied danser. Les années passant, il n'a évidemment pas trouvé chaussure à son pied comme on dit. Mais bon, dans les villages il y en a toujours un comme ça et tant que la mère est là pour veiller, on laisse aller. Toutefois sa génitrice indigente l'envoie braconner et le maire trouve que ça fait désordre. Aussi à la mort de cette dernière, il encadre le fils d'une fonction respectable qui s'inscrit parfaitement dans le décor du village désormais hautement recommandé dans les guides touristiques. Il le nomme garde-chasse affecté à la surveillance des remparts. Il l'affuble d'un képi galonné, d'un fusil de parade bien astiqué, d'un ceinturon et d'une paire de bottes en cuir épais ainsi que d'une longue capote du plus bel effet. Ça lui enlève une fameuse épine du pied au pauvre gars, car en réalité la forêt lui flanque une frousse bleue. Du temps de sa mère, c'est en tremblant qu'il allait poser quelques pièges, juste à l'orée de cette ogresse ombreuse et dévoreuse. C'est en suant à grosses gouttes qu'il arrachait, vite fait, les rares vieux lièvres qui s'étaient fait prendre. Aujourd'hui, grâce à son petit salaire, il achète sa viande chez le boucher dont le gros ventre sanglé d'un tablier blanc maculé de sang frais lui fait, malgré tout, nettement moins peur. Fier de sa nouvelle fonction, il monte la garde à grandes enjambées, de jour comme de nuit, sur les remparts de la ville. Seul trouble persistant dans sa vie mécanique, les yeux clairs, presque translucides, la minuscule étoile qui le dévisage avec une étrange bonté lucide, impitoyable et sage. Il redoute autant qu'il l'espère le regard carbone, tranchant comme l'acier, de la petite.

La petite fille

Dès le berceau, elle comprend que sa survie dépend de son air sage et obéissant. Elle pressent la fureur réprimée de sa mère. Elle l'observe à la dérobée, ne la quitte pas des yeux, se méfie d'elle à la manière instinctive des animaux. Elle est vive, intelligente et joue à la perfection le rôle qu'on lui impose dans ce village d'opérette. Dans sa petite robe bleu marine au col blanc amidonné, ses souliers vernis et ses socquettes bien tirées sur ses mollets rebondis, elle minaude juste ce qu'il faut et arbore comme une preuve de son innocence la petite médaille bleue à l'effigie de la vierge Marie qui pend à son cou. C'est peu dire qu'on l'aime dans le village. Trottinant, elle vaque à ses occupations routinières. Serviable et respectable, elle est régulièrement citée en exemple. Pour garder la sensation d'exister dans cet océan d'hypocrisie, il faut un secret, quelque chose qui n'appartienne qu'à soi. La petite fille vole et collectionne des bouts de ruban et des chutes de tissus rouge. Il est une faille, dans les remparts, où elle cache son trésor. De palper de temps en temps cette somptueuse couleur vive, nourrit sa confiance au-delà de ce que ses yeux clairvoyants percent à jour : la rigidité de sa mère, le sectarisme du maire, le rire gras et équivoque du boucher, la servilité des marchands, la vieillesse périmée de la grand-mère paternelle, l'indigence affective du pauvre garde-chasse qui ouvre sa capote chaque fois qu'il la croise pour lui faire l'offrande pathétique de ses attributs aussi flasques que sa cervelle. Elle connaît, d'une perception extrasensorielle, la splendeur de la vie sauvage. Avec son premier sang et les nouvelles recommandations coercitives de sa mère, un temps neuf s'ouvre en elle. Dès le lendemain, à l'orée de l'aube, elle récupère son trésor de coton rouge et se dirige vers la forêt.

Le loup

C'est un très vieux loup solitaire qui connaît la forêt comme sa poche. Chef incontesté d'une meute vaste et disciplinée, l'heure étant venue pour lui de jouir pleinement de la liberté de l'anachorète, il lègue le commandement de la troupe au plus vaillant de ses nombreux fils. Ce nouveau et ultime statut bien mérité confère à ce vieillard vigoureux la permission de la transgression. C'est ainsi qu'il fait la rencontre d'une humaine pas comme les autres qui a choisi de vivre au cœur sauvage de la forêt. D'emblée ils se reconnaissent et nouent une amitié très particulière. À lui seul, elle murmure au clair-obscur des nuits partagées, les raisons secrètes de son exil. De nombreuses années de connivence scellent leur union. Ce soir de lune pleine, il lui dit : « La petite est en marche ». Un long regard n'en finit pas d'exprimer leur intense émotion commune. « Bien, va l'accueillir. Cet honneur te revient de droit ». Comme la marée attirée par la lune, la petite fille s'enfonce résolument dans la forêt. Dans ses poings fermés au fond de ses poches elle serre les chiffons rouges, seuls vrais compagnons qu'elle ait eus jusqu'alors. Et voilà qu'elle le voit, le loup magnifique, planté sur ses quatre pattes puissantes, la queue en panache, le dos droit et les oreilles attentives. Le cœur de la fillette fond de joie quand il plonge ses yeux clairs, presque translucides, la petite étoile en leur centre et son regard carbone, tranchant comme l'acier dans le miroir de ses yeux à elle parfaitement identiques. En totale confiance, elle le suit au cœur sauvage de la forêt.

    Elle a la sensation que chacun de ses pas la rapproche d'elle-même. Enfin apparaissent une chaumière-cabane et une grand-mère-sorcière. La gamine tend ses mains ouvertes. La vieille dame saisit les bouts de tissus rouges. En un clin d'œil, réalise un joli chaperon qu'elle lui offre. Au fond de sa pupille, une minuscule étoile brille d'une intense bonté lucide et sage.

    Au village, on ne revit plus jamais la jeune fille. Ordre fût donné par le maire d'ensevelir sous une chape de silence cette héroïne peu recommandable.

La source

Elle fuit depuis si longtemps qu'elle a oublié la menace qui l'a fait bondir hors de sa vie d'avant. Un prodigieux réflexe de survie l'a propulsée droit devant soi. Vers où, quoi, qui ? Elle s'en fout éperdument. Longtemps, d'horribles pensées intrusives ont alimenté sa course effrénée. Elle ne marchait pas, elle courait. Elle ne se retournait pas, elle fonçait. Une seule aiguille à sa boussole : loin des villes, loin dans la nature. Tous les obstacles, humains, animaux, végétaux, minéraux, n'ont pu entraver son corps fuyant. Ses vêtements et sa mémoire en lambeaux attestent de ces arrachements forcenés.

Est venu un temps où elle ne fuyait plus, où elle était devenue, elle-même, la fuite. Une fuite pure et simple, sans cause ni effet. Sans mémoire. Un jour, tout là-haut, dans les brouillards de la montagne, face à cet homme étrange, hirsute et à moitié nu, une injonction, aussi absurde que définitive, s'inscrit comme un tatouage indélébile dans la chair de son cerveau livide : « Je suis arrivée ».

Et elle s'arrête. Pourquoi ? Parce que ? Même pas !
Elle s'assied à l'entrée d'une vaste cavité qui s'ouvre là dans la roche, et voilà tout.

À sa vue, l'homme grogne, tourne trois fois sur lui-même et s'enfuit à toutes jambes dans le brouillard épais des sommets. Durant deux jours entiers, sans autre forme de procès, elle dort tout son soûl au fond de la grotte.

À l'aube du troisième jour, elle part à la recherche de l'homme. Quand elle l'aperçoit, elle ne se montre pas et l'observe. La plupart du temps, il bondit de rocher en rocher. Ses pieds, comme brûlés au fer rouge, ne se reposent jamais. Il court, revient, tourne en rond, prend ses jambes à son cou sans raison apparente. Il va et vient sans relâche. Ses bras ne sont pas en reste qui, les poings au ciel, invectivent l'aube, les nuages, le midi, les étoiles, le couchant, les orages et le beau temps. Une rage phénoménale bave aux commissures de ses lèvres. Il maudit, grogne, menace et ricane.

Quand soudain il s'immobilise, c'est pour s'abîmer, des heures durant, dans une activité aussi fastidieuse qu'inutile. Il aligne des petits fagots de brindilles, toutes pareillement calibrées, qu'il dépose soigneusement sur une pierre plate et... qui s'éparpillent au moindre coup de vent !

Quand c'est le cas, il recommence indéfiniment et sa patience extrême est comme un rempart, un reproche infranchissable.

Puis tout à coup il reprend ses gesticulations désordonnées et ses imprécations grondeuses. Et ainsi de suite, ainsi de suite, ainsi de suite.

Elle retourne dans la grotte. Sa mémoire lessivée jusqu'à la trame par le détergent corrosif de sa fuite éperdue. D'où peut bien lui venir l'idée de s'y installer ?

Depuis longtemps, la velléité même de penser l'a quittée. Pourtant, au fil des jours, son corps chorégraphie des gestes ancestraux.

Confectionner un balai de feuilles, lisser le sol de la caverne, ramasser des brassées de végétation, en faire des couches où se reposer, tresser des graminées, en faire des écuelles, ramasser des pierres, en faire un cercle et retrouver les gestes du premier feu.

D'entendre, tout là-haut, le vacarme incessant de l'homme en colère, conforte ses gestes quotidiens.

Les saisons passent. Il y a dans l'air comme un apprivoisement délicat.

Certaines aubes, elle découvre du gibier, des baies, des bûches, des champignons déposés à l'entrée de l'antre.

Les nuits glaciales, elle entend, venant de l'autre couche, la respiration rauque du corps de l'homme roulé en boule.

Mais toujours il disparaît, repris par la danse infernale qui lui brûle les entrailles.

Sans qu'elle en ait conscience, doucement, l'attente s'insinue dans son corps aux aguets.

Cette attention nouvelle et régulière ranime petit à petit son cœur transi qui se gonfle et pèse dans sa poitrine. Pour libérer ce poids, ses yeux pleurent sans retenue des larmes lourdes et rondes.

Il n'y a pas de mots pour dire ce que se disent ces deux-là, mais il y a un rapprochement, un dialogue étrange.

Ainsi de ses colères aux sommets, il revient avec d'énormes blocs de pierre qu'il maintient à bout de bras au-dessus de sa tête et qu'il jette dans la vallée.

Elle le regarde et sous la pression de son impuissance à le calmer, ses larmes coulent abondamment et ruissellent sur les éboulis de roches.

C'est sa manière à elle de lui offrir sa compassion.

C'est sa manière à lui de faire l'offrande de sa folie.

Les saisons passent et ritualisent leurs épousailles de pierres et de larmes, de colère et de tristesse, de feu et d'eau, de folie et d'acceptation.

Ainsi vécurent-ils longtemps, très, très longtemps...

Dans la vallée, les anciens connaissent depuis toujours les vertus curatives de la source qui chante au gré de l'amoncellement chaotique des gros rochers de la face nord de la montagne.

Sages et simples, ils n'ont jamais cherché à comprendre l'origine de cette eau miraculeuse qui soigne les maux du corps, du cœur et de l'âme. Ils se contentent de profiter de ses bienfaits en remerciant le ciel d'une telle aubaine. C'est là en vérité, acte de foi.

Avec les temps modernes, sont venus des géologues et des chimistes avides de maîtriser les secrets de la nature.

Les vieux ont tremblé, eux dont la connaissance instinctive juge qu'il y a des causes qui doivent rester inviolées.

Mais aujourd'hui rassurés, ils rient dans

leurs barbes.

En effet, ces savants ont pu, autant qu'ils ont voulu, explorer le massif jusqu'à son sommet, jamais ils n'ont réussi à localiser l'origine de la source.

Quant aux chimistes, ils se sont heurtés à l'impossibilité d'établir une vérité scientifique. Les analyses de nombreux échantillons de cette eau, successivement répétées dans des conditions identiques, n'ont jamais donné deux fois le même résultat.

Pas de cause, pas d'origine, que des dons !

Voilà de quoi rendre enragés ceux qui ne savent pas recevoir et qui tentent de tout contrôler.

Puissent les épousailles du feu et de l'eau durer longtemps encore !

« Une fenêtre ouverte sur la Vie... »

Déjà parus :

Contes de la femme intérieure
éd. Entre-vues & Cedil 1998

D'amours...
éd. Une fenêtre ouverte sur la Vie... 2008

Il était une fois le désert
éd. Une fenêtre ouverte sur la Vie... 2009

Rouge,
éd. Une fenêtre ouverte sur la Vie... 2013

Petits textes qui tiennent la route, ou pas...
éd. BoD 2020

Ellipses ci et là
éd. BoD 2020

Écrire c'est...
éd. BoD 2020

Éclats de vies...
éd. BoD 2020

Journal intime et poétique d'un confinement contraire aux usages
éd. BoD 2020

Dans le cadre de :
« Une fenêtre ouverte sur la Vie... »
Christine Doyen organise
Des ateliers individuels de développement personnel.

Contact : 04 366 09 55

Des ateliers collectifs d'écriture.

Contact : 0472 74 86 73

Photo de couverture Morgane Pire